John J. McLaughlin
Ruddy Núñez

The Good Stranger's Sancocho Surprise

El sancocho sorpresa del buen desconocido

de
Le
Tre
a

de
Le
Tre
a ⊙

Published by Deletrea
www.deletrea.net

The Good Stranger's *Sancocho* Surprise/El sancocho sorpresa del buen desconocido
Copyright © 2020 by John J. McLaughlin
For more about this author please visit www.johnjmclaughlin.net

First Edition

ISBN: 978-0-99729-049-3

Editorial Director: Casandra Badillo-Figueroa
Illustrations: Ruddy Núñez
Cover and Layout design: Mónica Candelas
Translated by: Verónica Esteban

Printed in the United States of America

Acknowledgments & Dedication

I am grateful for the accompaniment, encouragement, and love of many people who have helped this book become a reality.

My many dear friends in the Dominican Republic, especially those who took me in at first, and have shared their lives so generously ever since: Pablo, Edilio, Papito, Fella, Catuxo, Natacha, Liliana, Agapito— and all of their families.

My collaborators whose vision and dedication have helped make this book a reality: Casandra Badillo-Figueroa, and Mónica Candelas of Deletrea, Ruddy Núñez, and the Pacific Northwest Writers Association.

My loving family, near and far, who offered specific advice for this story, as well as open-armed support, especially: Mom, Tim, Anne, Kathy, and J.J... and God, who lit the fire in me from the start, and keeps it burning even through the storm.

Agradecimientos y dedicatoria

Estoy agradecido por el acompañamiento, el aliento y el amor de todos aquellos que han ayudado a convertir este libro en realidad.

A mis queridos amigos en la República Dominicana, especialmente a quienes me acogieron desde un inicio y desde entonces no han dejado de compartir generosamente sus vidas: Pablo, Edilio, Papito, Fella, Catuxo, Natacha, Liliana, Agapito y a todas sus familias.

A mis colaboradores, cuya visión y dedicación me han ayudado a hacer este libro realidad: Casandra Badillo-Figueroa, Mónica Candelas de Deletrea, Ruddy Núñez y la Pacific Northwest Writers Association.

A mi amorosa familia, cerca y lejos, que me ofreció consejos puntuales para este cuento así como apoyo incondicional; en especial: Mamá, Tim, Anne, Kathy y J.J. ... y a Dios, quien encendió el fuego en mi interior y lo sigue manteniendo vivo aun en la tormenta.

Once there was a man who lived in a small house, on a big mountain, in a beautiful land. He taught his children to sing, tend the animals, and grow good food. And each day his family gave thanks when they ate, no matter how little they had.

Había una vez un hombre que vivía en una casa pequeña, en
una gran montaña, en una bella tierra. Enseñó a sus hijos a cantar, a
cuidar a los animales y a cultivar buena comida. Y cada día su familia
daba gracias cuando comían, no importaba lo poco que tuvieran.

Then one day, in the season of the mango flowers, the earth shook terribly. In the time it took the birds to fly from one tree to another, the man's house had crumbled and his family was gone.

Un día, en la temporada de las flores de mango, la tierra tembló
horriblemente. En el tiempo que les tomó a los pájaros volar de un
árbol a otro, la casa del hombre se derrumbó y había perdido a su
familia para siempre.

The man became sadder than the tree frogs who cry in the forest.
So he walked far away, day and night, across the mountains, until he came
upon a village.

He did not know it, but the people in this village had also suffered.
Floods, landslides, and a Terrible Ruler had left them living in fear.

El hombre se puso más triste que las ranas de árbol que lloran
en el bosque. Caminó mucho, día y noche, a través de las montañas,
hasta que llegó a un pueblo.

Él no lo sabía, pero la gente de ese pueblo también había sufrido:
diluvios, derrumbes y un Gobernante Terrible los tenía viviendo
con miedo.

Looking around, the man saw a church, and went there. A priest opened the door. "Dear Father," the man said, crossing himself and kneeling, "have mercy on me. I have lost everything, and I am hungry."

The priest looked at the man, whose shoes were worn through, and thought, *Who is this stranger? What if he wants to hurt me? What might happen to me if I take him in?*

So the priest quickly shook his head and shut the door.

Al mirar a su alrededor, el hombre vio una iglesia y caminó hacia ella. Un sacerdote abrió la puerta. —Querido padre, —dijo el hombre persignándose y arrodillándose—, tenga piedad de mí. Lo he perdido todo y tengo hambre.

El sacerdote miró al hombre de zapatos desgastados y pensó: "¿Quién será este desconocido? ¿Y si quiere lastimarme? ¿Qué podría pasarme si lo dejo entrar?".

Entonces el sacerdote dio la espalda y cerró la puerta.

Looking around, the man saw a large house, and went there. The mayor of the village opened the door. "Good sir," the man said, crossing himself and kneeling, "have mercy on me. I have lost everything, and I am hungry."

The mayor looked at the man, whose skin was black as *carbón*, and thought, *Who is this stranger? What if he is a spy or a thief? What might happen to me if I take him in?*

So the mayor quickly shook his head and shut the door.

Al mirar a su alrededor, el hombre vio una casa grande y caminó hacia ella. El alcalde del pueblo abrió la puerta. —Buen señor, —dijo el hombre persignándose y arrodillándose—, tenga piedad de mí. Lo he perdido todo y tengo hambre.

El alcalde miró al hombre de piel negra como el carbón y pensó: "¿Quién será este desconocido? ¿Y si es un espía o un ladrón? ¿Qué podría pasarme si lo dejo entrar?".

Entonces el alcalde sacudió rápidamente la cabeza y cerró la puerta.

The man called at several more houses, but no one would help him at all.

He was very tired, and hungry enough to eat rocks. So he sat down under an old mango tree. A long time ago, its branches had been strong and full of fruit. But when the Terrible Ruler became *Presidente* for Life, he taught the people that fearing others was the only way to live, and the tree stopped growing. Even after the Terrible Ruler died, the villagers were afraid to trust anyone or share anything. And so the tree withered and gnarled year after year, until it looked like the Terrible Ruler's angry fist.

Beneath the tree, the man closed his eyes and thought, *Díos mío, why have you hardened everyone's hearts?*

El hombre llamó a varias casas más, pero nadie le quiso ayudar.

Estaba muy cansado y tenía tanta hambre que podía comer piedras. Entonces se sentó debajo de un viejo árbol de mango. Hace mucho tiempo, sus ramas eran fuertes y estaban llenas de fruta. Pero cuando el Gobernante Terrible se convirtió en Presidente de por Vida, le enseñó a la gente que temer a los demás era la única forma de vivir, y el árbol dejó de crecer. Incluso después de la muerte del Gobernante Terrible, la gente seguía teniendo miedo de confiar en alguien o compartir cualquier cosa. Así las cosas, el árbol se marchitó y se retorció año tras año, hasta que llegó a tener el aspecto del puño enojado del Gobernante Terrible.

Debajo del árbol, el hombre cerró los ojos y pensó: "Dios mío, ¿por qué has endurecido los corazones de todo el mundo?".

15

When the man opened his eyes, he saw a girl with curly hair. Some villagers thought the spirit of a *colibrí*, a hummingbird, lived inside her, because she was always singing strange rhymes.

"Can you help me find something to eat?" the man asked.

¡Claro que sí! Of course I can!

> *We can eat crickets—just try it, old man!*
>
> *They're crunchy and salty—yum!—such a treat.*
>
> *Just swallow their heads and spit out their feet.*

The man closed his eyes again and thought, *Surely I will starve.*

Cuando el hombre abrió los ojos, vio a una niña de cabello rizado. Algunos pensaban que vivía el espíritu de un colibrí en ella porque siempre andaba cantando rimas extrañas.

—¿Puedes ayudarme a encontrar algo de comer? —preguntó el hombre.

—¡Claro que sí! ¿Cómo crees que no?

   Comamos grillos, ¡pruébelos, señor!

   Salados, crujientes, ¡qué ricos son!

   ¡Pa'usted uno solo, para mí un montón!

El hombre volvió a cerrar los ojos y pensó: "Seguro que me moriré de hambre".

But just then a *colibrí* flew by, and in the buzz-singing of its wings, the man heard a wonderful, whispered idea.

"We'll cook *sancocho*," he said, "the secret soup my grandfather taught me."

Pero justo en ese momento pasó un colibrí y en el zumbido de sus alas el hombre escuchó una maravillosa idea susurrada.

—Cocinaremos un sancocho —exclamó—, la sopa secreta que me enseñó mi abuelo.

The girl loved secrets, so she ran home to fetch what the man
told her he needed: her family's biggest pot and three large stones.
"*Mami, Papi*," she told her parents, "it's for *sancocho*, with stones..."

The stranger will teach us a secret way.

We'll never be hungry another day!

A la niña le encantaban los secretos, así que corrió a su casa a buscar lo que el hombre
le dijo que necesitaba: la olla más grande que tuviera su familia y tres piedras grandes.
—Mami, Papi —les dijo a sus padres—, es para hacer un sancocho con piedras...

El desconocido ya tiene su plan.

¡Acaba con el hambre, comparte el pan!

"A stranger?" her mother said, crossing her arms.

"We don't like strangers," her father said. "Besides, it's impossible to make *sancocho* with just some stones."

But the mother, who was too busy cooking to argue, had an extra pot in her *fogón*. And the father, who was a farmer, knew his cows were always tripping over stones in the field.

—¿Un desconocido? —dijo su madre, cruzando los brazos.

—No nos gustan los desconocidos —dijo su padre—. Además, es imposible preparar un sancocho con solo algunas piedras.

Pero la madre, que estaba demasiado ocupada para discutir, tenía una olla de sobra en su fogón. Y el padre, que era agricultor, sabía que sus vacas siempre se tropezaban con piedras en la finca.

So the farmer packed their mule with the pot, buckets of fresh well water, and three stones the size of pineapples. The girl tried to carry one of them on her head, but it kept falling off.

Entonces el agricultor empacó su mula con la olla, cubos de agua fresca y tres piedras del tamaño de piñas. La niña trató de cargar a una de ellas en la cabeza, pero se le caía a cada rato.

21

When they reached the old mango tree, the farmer stood with his arms crossed as the girl and the stranger prepared the pot.

"*Señor*," the farmer said, "if this *sancocho* you make is so good, why are you starving?"

"Have faith, *señor*," the man said. "Sometimes the greatest secrets are hidden where we would not think to look."

"Faith?" the farmer said. "The people of this village believe in what we can see." Then he laughed, patting his belly. "And in what we can eat! We are hungry."

Cuando llegaron al viejo árbol de mango, el agricultor se paró con los brazos cruzados mientras la niña y el desconocido preparaban la olla.

—Señor —dijo el agricultor—, si ese sancocho que hace es tan bueno, ¿por qué se muere de hambre?

—Tenga fe, señor, —dijo el hombre—. A veces, los mayores secretos se esconden donde menos se nos ocurre buscar.

—¿Fe? —dijo el agricultor—. En este pueblo solo creemos en lo que podemos ver. Se echó a reír palmeándose la barriga. —¡Y en lo que podemos comer! Tenemos hambre.

"Then help us," the man said. "We need salt to bring out the *sancocho's* flavor."

The cicadas' buzzing swelled and shrank in the morning air. The farmer thought of the salt barrel in his *almacén*, his storage shed. Soon he returned with a sack of salt, and a large stirring stick.

—Entonces ayúdenos —dijo el hombre—.
Necesitamos sal para realzar el sabor del sancocho.

El zumbido de las cigarras hinchaba y encogía en el aire de la mañana.
El agricultor pensó en el barril de sal que tenía en su almacén. Poco
después regresó con un saco de sal y un gran palo para remover.

The *sancocho's* smell drifted over to the *colmado*, the small village store.
Soon the owner and his wife, the dressmaker, walked to the old mango tree.

"Come help us make the *sancocho*," the girl said.

The stranger will teach us a secret way.

We'll never be hungry another day!

"Secrets? Stones?" the dressmaker said, sniffing the air.
"Very interesting."

El olor del sancocho llegó hasta el colmado. Pronto el dueño
y su esposa, la modista, se dirigieron hacia el viejo árbol de mango.

—Vengan a ayudarnos a hacer sancocho —dijo la niña.

El desconocido ya tiene su plan.

¡Acaba con el hambre, comparte el pan!

—¿Secretos? ¿Piedras? —dijo la modista olfateando el aire—.
Muy interesante.

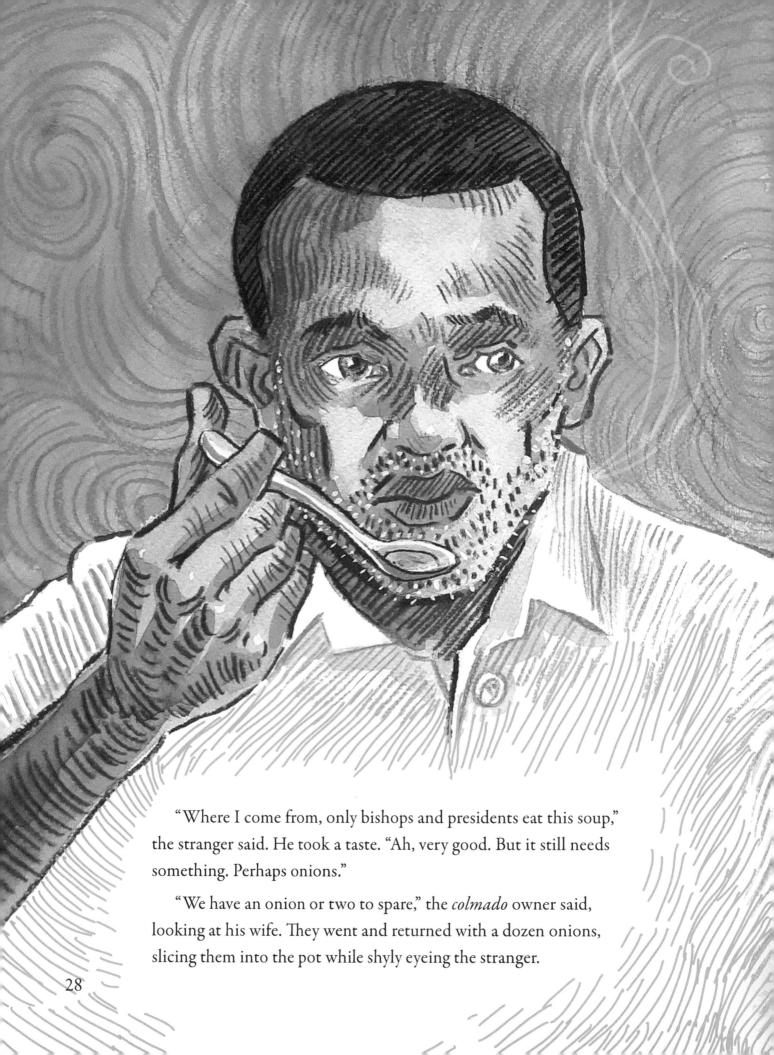

"Where I come from, only bishops and presidents eat this soup," the stranger said. He took a taste. "Ah, very good. But it still needs something. Perhaps onions."

"We have an onion or two to spare," the *colmado* owner said, looking at his wife. They went and returned with a dozen onions, slicing them into the pot while shyly eyeing the stranger.

—De donde yo vengo, solo comen esta sopa los obispos y los
presidentes —dijo el desconocido probando un poco—. Ah, muy bien.
Pero aún necesita algo, quizás cebollas.

—Nos sobran un par de cebollas —dijo el dueño del colmado
mirando a su esposa. Se marcharon y regresaron con una docena
de cebollas. Las cortaron y echaron a la olla mientras miraban
tímidamente al desconocido.

The *sancocho's* smell drifted through the village. Soon others wandered to the old mango tree too. The teacher and the bricklayer, the carpenter and the cheese maker, the hairdresser, the plow man, and many children. One by one they asked about the stranger, one by one they set off in search of ingredients, and one by one they returned with more—sometimes much more—than they'd promised. They brought radishes, beets, carrots, and fresh cuts of meat; they brought *yautías*, *batatas*, and eggplants, as well as *guandules*, *tayotas*, and squash; they brought garlic and *cilantro*, and of course they brought plantains, bananas, and rice.

El olor del sancocho flotaba por el pueblo. Pronto se acercaron otras personas al viejo árbol de mango. La maestra y el albañil, el carpintero y el quesero, la estilista, el arador y muchos niños y niñas. Uno a uno preguntaron por el desconocido, uno a uno buscaron ingredientes, y uno a uno regresaron con más, a veces mucho más, de lo que habían prometido. Llegaron con rábanos, remolachas, zanahorias y carne fresca. Trajeron yautías, batatas y berenjenas, así como guandules, tayotas y calabaza. Trajeron ajo y cilantro, y por supuesto, plátanos, guineos y arroz.

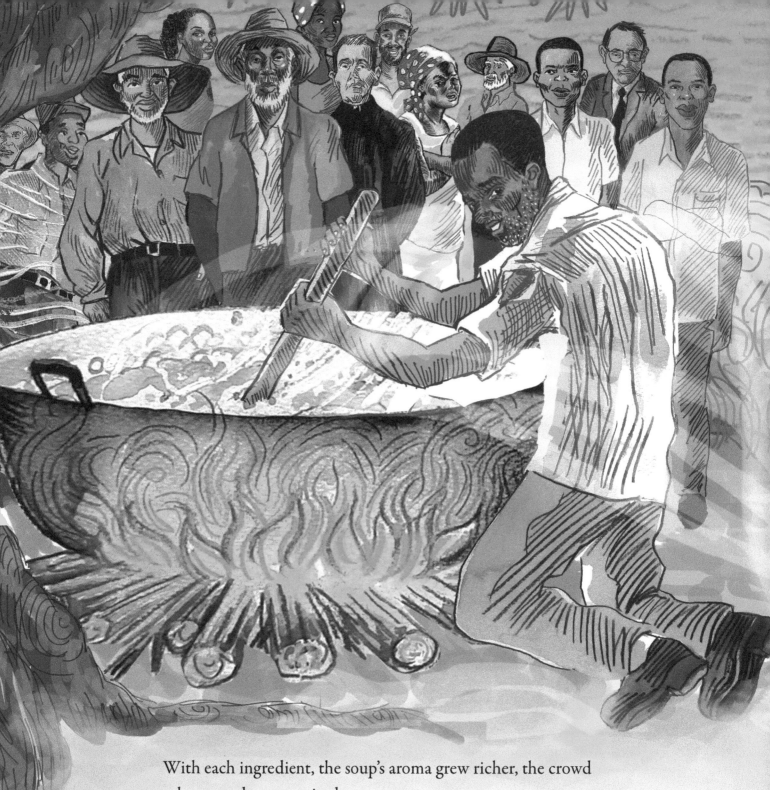

With each ingredient, the soup's aroma grew richer, the crowd grew larger and more excited.

"A secret recipe for *sancocho*!"

"That only bishops and presidents eat!"

"What a blessing!"

The *sancocho* bubbled and breathed steam into the sky, and finally, as the sun settled into its sleep, the soup was ready.

El olor de la sopa se hizo más rico con cada ingrediente,
y la multitud creció en número y en entusiasmo.

—¡Una receta secreta para el sancocho!

—¡Que solo comen los obispos y los presidentes!

—¡Qué bendición!

El sancocho burbujeó y desprendió vapor hacia el cielo.
Finalmente, al atardecer, la sopa estaba lista.

The villagers brought oil lamps and prepared a large table. The more they ate, the more joyful they became.

"*¡Ay, qué sancochote!*"

"There's plenty for everyone!"

"What a miracle!"

La gente trajo lámparas de aceite y prepararon una mesa grande. Cuanto más comían, más alegres se ponían.

—¡Ay, qué sancochote!

—¡Hay para todos y todas!

—¡Qué milagro!

Before long, the *colmado* owner dashed to fetch his *tambora*, the dressmaker brought her *guira*, and the plowman started playing his accordion. The villagers shared stories, danced *merengue* and *mangulina*, and sang songs they hadn't sung in years and years.

Al poco tiempo, el dueño del colmado fue a buscar su tambora, la modista trajo su güira y el arador comenzó a tocar el acordeón. Todos compartieron historias, bailaron merengue y mangulina, y cantaron canciones que no habían cantado en muchos años.

After the *fiesta*, everyone wanted the stranger to stay with them in the village. "Well, he said, "perhaps just one night."

But he was so tired from the sadness he had carried on such a long journey, that he lay down right there beneath the mango tree, and went to sleep. So the farmer and the girl lifted him up on their mule, and took him to their home.

Después de la fiesta, todos querían que el desconocido se quedara con ellos en el pueblo. —Bueno, dijo—, tal vez una noche.

Pero estaba tan cansado de la tristeza que había acarreado en su largo viaje, que se acostó justo debajo del árbol de mango y se quedó dormido. Entonces el agricultor y la niña lo levantaron en su mula y lo llevaron a su casa.

"He cannot stay here," the girl's mother said. "We can barely feed ourselves!"

"*Mami*, he is one of us now," the girl said. "Look and see how he has suffered."

When the girl's mother did, her heart felt his pain, so she warmed water in the *fogón*, so he could bathe, and afterward she, the farmer, and the girl rubbed oil into his swollen and scabbed feet until at last he smiled.

✺

—No puede quedarse aquí —dijo la madre de la niña—. ¡Apenas podemos alimentarnos!

—Mami, él ahora es uno de los nuestros —dijo la niña—. Mira cómo ha sufrido.

Cuando la madre de la niña lo observó, sintió su dolor en el corazón. Se fue a calentar agua en el fogón para que pudiera bañarse. Después, junto con el agricultor y la niña, le untaron aceite en los pies hinchados y con costras hasta que el desconocido finalmente sonrió.

That night, the man dreamed of his wife and children, and their small house. In the dream, the people of this village made *sancocho* for his family while singing an old song:

How lovely it is to be woven like strands, uniting our hearts and our lives with our hands...

Esa noche, el hombre soñó con su esposa y sus hijos, y su pequeña casa. En su sueño, la gente del pueblo preparaba un sancocho para su familia mientras cantaban una vieja canción:

Qué bueno es vivir unidos, en comunidad y bien comprometidos...

The man woke just as the sun was rising, and quietly stepped from the house.

"Friend, are you leaving us?" the farmer asked.

The girl ran to embrace the man. "Where are you going?"

"As long as you remember me, I will never be far away. And wherever I go, I will teach people to make our *sancocho* surprise."

"*Vaya con Dios*," she said.

"*Gracias*. I owe my new life to you."

The girl smiled, and sang very quietly,

> *Every person has something to give.*
> *Sharing our gifts is the best way to live.*

El hombre se despertó justo cuando amaneció el día y salió
silenciosamente de la casa.

—Amigo, ¿nos deja? —preguntó el agricultor.

La niña corrió a abrazar al hombre. —¿Adónde va?

—Nunca estaré lejos mientras me recuerdes. Y donde quiera que vaya,
enseñaré a la gente a hacer nuestro sancocho sorpresa.

—Vaya con Dios —le dijo.

—Gracias. Te debo mi nueva vida.

La niña sonrió y cantó muy discretamente:

> *Nadie es tan rico que nada le pueda faltar,*
>
> *y nadie es tan pobre que nada pueda dar.*

As the man walked away, the birds sang, the villagers awoke for work and school, and the sun stretched up over the mountains. Humming to herself, the girl walked to the old mango tree. Looking closely, and still more closely, she noticed something. The tree was waking up. She kept the secret in her heart that day, but soon the other villagers could see it too. Week by week, month by month, the trunk lengthened, the branches stretched out like the fingers of a hand, and the mango flowers began to bloom.

42

Mientras el hombre se alejaba, los pájaros cantaban, la gente amanecía para ir al trabajo y a la escuela, y el sol se extendía sobre las montañas. Tarareando para sí misma, la niña caminó hacia el viejo árbol de mango. Al mirar de cerca, muy de cerca, notó algo. El árbol se estaba despertando. Ese día se guardó el secreto en el corazón, pero pronto los demás también lo vieron. Semana tras semana, mes a mes, el tronco se alargaba, las ramas se estiraban como los dedos de una mano y las flores de mango comenzaron a florecer.

That summer, when the mangoes fell ripe and juicy to the ground, the villagers ate them and thought of their friend, the good stranger. Now they knew what he had taught them with his *sancocho* made with stones— that the true secret of living without fear was to open your heart, as well as your door.

So from that day on, in this small village, on a big mountain, in a beautiful land, the people have gathered beneath the welcoming branches of the old mango tree every time it flowers, to sing and dance and cook the good stranger's *sancocho* surprise.

Ese verano, cuando los mangos cayeron maduros y jugosos al suelo,
la gente se los comió y pensaron en su amigo, el buen desconocido. Ahora
sabían lo que les había enseñado con su sancocho hecho con piedras: que
el verdadero secreto de vivir sin miedo es abrir las puertas y el corazón.

A partir de ese día, en este pequeño pueblo, en una gran montaña, en
una bella tierra, la gente se reúne debajo de las ramas acogedoras del viejo
árbol de mango cada vez que florece, para cantar, bailar y cocinar
el sancocho sorpresa del buen desconocido.

Author's Note

Reading with J.J.

All over Latin America, *sancocho* brings families and communities together. Different in its particulars from country to country, and even family to family, it's a soup or stew with nearly infinite variety, because there's not much that couldn't somehow or another belong in the pot (well, maybe not a cowbell, let's say).

I have my family and friends in the Dominican Republic to thank for introducing me to this meal. And I have my son to thank for reigniting my love of folk tales, including the classic "Stone Soup."

Many versions of this tale exist. This version is set in a rural community in tropical Latin America, one much like those I've lived and worked in the Dominican Republic since the 1990s. Christian faith, music and dance, and a history of both tragedy and resistance animate every step of those I've met there. So it felt natural to let all of those elements come alive here. The "Terrible Ruler," whose poisonous influence withers both the mango tree and the people's compassion, can of course be seen as a reference to Rafael Leónidas Trujillo, one of the twentieth century's cruelest dictators. Unfortunately, it may also bring to mind our present age.

In recent years, we've seen an alarming rise worldwide in the politics of fear and division, with leaders who seek to consolidate power through the scapegoating and oppression of the "other." I've found it to be a difficult time to raise children, who now have access to all sorts of news and information, too much of which is purposefully provocative, hateful, and false. Perhaps you have too.

This little story is one way I've tried to respond. In every version of "Stone Soup" I've encountered, the soup-maker happens upon a community of people who have been frightened into scarcity. Fear has blinded them to their blessings and gifts, and even more so, to the life-giving possibilities of cooperation and solidarity. The stranger, rejected by all the so-called correct-thinking people, can only find vessels for his creativity in the town's most disregarded person, and in some ordinary stones.

In the Biblical parable of the Good Samaritan (and in this story), that stranger is an immigrant, an "other," rejected at face value as being dangerous and unworthy. But the Samaritan's forgiving, compassionate, even risky response in the face of this prejudice saves a life. Here, the Good Stranger's inspiration to cook *sancocho* allows the villagers' fear to recede, and their creativity and generosity to emerge. Some have suggested that, in the story of the loaves and fishes, Jesus actually co-creates that miraculous feast with the thousands following him, who dig deeply into their "nothing," and find something there to give. In this tale, the villagers who make *sancocho*

EAB's work: Building homes, sharing lives...

realize they do in fact have room in their homes and hearts to make the Good Stranger one of "our own."

I believe we turn to folk and fairy tales because they "tell all the truth but tell it slant," as Emily Dickinson wrote. In the quiet of our hearts, where our child-like spirit lives, we know the truth of this story: that welcoming what frightens us— the stranger, the immigrant, or the prospect of losing the little we have— with faith in the Creator's providence and in humanity's goodness connects us more deeply to others, to God, and to our purpose in life. And that purpose, we see more and more over time, is not only to be of service to our neighbors, whoever they are and however they look, but also to be in solidarity with them, to share our life with them, and genuinely call them one of our own.

Every person has something to give.

Sharing our gifts is the best way to live.

...and educating youth to be professionals.

The author is donating proceeds from this book to Education Across Borders.
Learn more at their website: educationacrossborders.org.

Nota del autor

John J. McLaughlin, Felicia Puntiel Pichardo y William Poleyó, fundadores de Educación Cruzando Fronteras (EAB/ECF)

Las familias y comunidades se reúnen en torno al sancocho en toda América Latina. Difiere en sus detalles de país a país, incluso de familia a familia, pero las posibilidades de esta sopa (o estofado) son casi infinitas, porque no hay mucho que no pueda echarse a la olla (bueno, quizás no sería aconsejable echar un cencerro, por ejemplo).

Le doy las gracias a mis queridos amigos y familiares en la República Dominicana por mostrarme esta comida. Y también le agradezco a mi hijo que haya reavivado mi amor por los cuentos populares, incluido el clásico "Sopa de piedra".

Hay muchas versiones de este cuento. Esta versión está ambientada en una comunidad rural de la América Latina tropical, muy parecida a los lugares en los que he vivido y trabajado en la República Dominicana desde la década de 1990. La fe cristiana, la música y el baile, y una historia de tragedia y resistencia, animan cada paso de quienes he conocido allí. Todos esos elementos cobran vida orgánicamente en este cuento. El "Gobernante Terrible", cuya mortífera influencia marchita tanto el árbol de mango como la compasión de la gente, se puede ver como una referencia a Rafael Leónidas Trujillo, uno de los dictadores más crueles del siglo XX. Desafortunadamente, también nos puede recordar a nuestra era actual.

En los últimos años, hemos sido testigos de un aumento alarmante de la incitación al miedo y la división en todo el mundo. Cada vez hay más líderes que buscan consolidarse en el poder a costa de un chivo expiatorio y la opresión del "otro". He sentido que este es un momento difícil para criar hijos, que además tienen acceso a todo tipo de noticias e información, muchas de ellas deliberadamente provocadoras, detestables y falsas. Quizás usted lo haya experimentado también.

Esta pequeña historia es un intento de responder a esto. En todas las versiones de "Sopa de piedra" que he encontrado, el cocinero de la sopa se encuentra en una comunidad con miedo y escasez. El miedo les impide ver sus bendiciones y dones, y aún más, la inspiradora posibilidad de cooperar y ser solidarios. El desconocido, rechazado por todas las llamadas personas de pensamiento correcto, solo encuentra una vía a su creatividad en la persona más ignorada del pueblo y en algunas piedras comunes.

En la parábola bíblica del buen samaritano (y en este cuento), ese desconocido es un inmigrante, un "otro", rechazado por ser juzgado como peligroso e indigno. Pero la respuesta del samaritano ante este prejuicio es comprensiva, compasiva, incluso arriesgada, y salva una vida. En esta historia, la inspiración del buen desconocido para cocinar un sancocho permite que se vaya disipando el miedo de la gente, y que surja la creatividad y la generosidad. Algunos ven en la historia de los panes y los peces, que Jesús crea un milagroso festín con las miles de personas que lo siguen. Al ver su honda fe y amor, profundizan en su "nada" y encuentran cosas que ofrecer. En esta historia, los lugareños que hacen el sancocho se dan cuenta de que sí tienen espacio en sus hogares y en sus corazones para hacer del buen desconocido uno de "los nuestros".

¡Construyendo juntos!

Creo que recurrimos a los cuentos populares y de hadas porque "nos dicen la verdad, pero sesgadamente", como escribió Emily Dickinson. En la quietud de nuestros corazones, donde vive nuestra alma infantil, sabemos cuál es la verdad de esta historia: darle la bienvenida a lo que nos asusta —al desconocido, al inmigrante o a la posibilidad de perder lo poco que tenemos—, nos conecta más profundamente con los demás, con Dios y con nuestro propósito de nuestra vida, mediante la fe en la providencia del Creador y en la bondad de la humanidad. Y ese propósito, cada vez más palpable, reside no solo en servir a nuestros vecinos, sean quienes sean y como sean, sino en ser solidarios, compartir nuestra vida con ellos y llamarlos genuinamente uno de los nuestros.

Jóvenes, ya capacitados por EAB/ ECF, dirigiendo un campamento de niños.

Nadie es tan rico que nada le pueda faltar,

y nadie es tan pobre que nada pueda dar.

Parte de las ganancias obtenidas por la venta de este libro serán donadas por el autor a Education Across Borders/Educación Cruzando Fronteras. Obtenga más información en educationacrossborders.org.

Sancocho Song

It's easy to sing the "*Sancocho* Song," with or without instruments. Use the score and lyrics included here.

Anne McLaughlin

San - co - cho   San - co - cho   San - co - cho   to   eat

Ev' - ry - one   shares   in   this   spe_____cial   treat

Each   add   our   part   and   we   stir   it   up   well

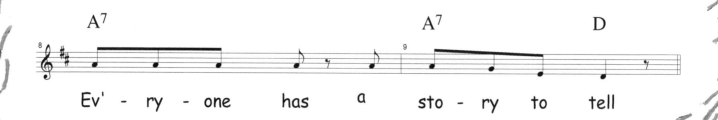

Ev' - ry - one   has   a   sto - ry   to   tell

Visit **www.johnjmclaughlin.net** to play the song and sing along.

Song lyrics for

Sancocho Song

Anne McLaughlin

Sancocho, *Sancocho*, *Sancocho* to eat.
Everyone shares in this special treat.
We each add our part and we stir it up well.
Everyone has a story to tell!

Sancocho, *Sancocho*, *Sancocho* surprise
Appearing before your very eyes.
Every person has something to give.
Sharing our gifts is the best way to live!

Now every piece matters in making the stew.
You give to me as I give to you
Remember this lesson, remember it well:
Everyone has a story to tell!

Rico sancocho

Es fácil cantar "Rico sancocho", con o sin instrumentos. Usa la partitura
y la letra que ves aquí.

John McLaughlin

Visita **www.johnjmclaughlin.net** y canta con nosotros.

Letra de la canción

Rico sancocho

John McLaughlin

¡Rico sancocho!
¡Rico sancocho!
¡Rico sancocho!
Comida para todos compartir.

Comparto lo mío,
compartes lo tuyo,
comemos juntos,
¡Comida para todos compartir!

¡Rico sancocho! (estribillo)

Cantamos juntos,
bailamos juntos,
comemos juntos.
¡Comida para todos compartir!

¡Rico sancocho! (estribillo)

Somos familia
y comunidad.
Estamos juntos.
¡Comida para todos compartir!

(¿Qué más? ¡Inventa tu verso!)

 # *Glossary*

Let's learn new words and what they mean.

Almacén (ahl-ma-SEN): a structure or room for storing of food or materials, usually outside the house. It may also be a store where things are sold.

Batata (ba-TA-ta): sweet potato

Carbón (car-BONE): coal or charcoal

Colibrí (cole-ee-BREE): hummingbird

Colmado (cole-MAH-do): a very small store that sells food and household supplies, and that can be found in even the smallest villages and busiest cities.

Fiesta (fee-ES-ta): party

Fogón (fo-GOAN): a specific area, usually outside the house, where cooking is done with firewood, using a pot sitting on a clay stove. This word is used for the stove too.

Guandules (gwan-DOO-lays): pigeon peas, a legume similar to lentils or certain beans.

Güira (gwee-RAH): a percussion instrument that is played by rubbing a fork-like instrument across the rough surface of a hollow metal or wooden cylinder.

Mami (MAH-mee): Mom, Mommy, or Mama

Mangulina (man-goo-LEE-na), and **Merengue** (mare-EN-gay): Dominican folk dances. These words also used for these styles of music.

Papi (PAH-pee): Dad, or Daddy

Sancocho (san-CO-cho): a soup or stew made by cooking meat and vegetables— or almost whatever food you have!— in water or broth at a low temperature for a long time.

Sancochote (san-co-CHO-tay) is a way of saying the *sancocho* is extra big and special.

Señor (sen-YOR): Sir

Tambora (tam-BO-ra): a drum used for *merengue* and other kinds of music. It is often set across the lap, and played on one side with a stick, and on the other side with the bare hand, at the same time.

Tayota (tah-YO-ta): chayote— a pear-shaped tropical fruit of the gourd family that is often cultivated as a vegetable.

Vaya con Dios (Vai-ya cone deeOHS): Go with God. A common Spanish phrase meant as a farewell.

Yautía (yow-TEE-a): taro—a big-leaved tropical plant that produces a starchy vegetable, in the tuber family.

About the Author

John J. McLaughlin is an award-winning writer and teacher who believes in the transformative power of stories. His novel *Run in the Fam'ly* won multiple prizes, including Best Novel from the Texas Institute of Letters. For more than twenty years, he has shared life with the people of the Dominican Republic, first as a Catholic missionary and currently as founding director of Education Across Borders, a nonprofit organization that forms leaders and transforms communities in Latin America and the U.S. This is his first book for children.

Acerca del autor

John J. McLaughlin es un maestro y escritor galardonado que cree en el poder transformativo de los cuentos. Su novela *Run in the Fam'ly* ganó múltiples premios, incluyendo el Texas Institute of Letters a la mejor novela. Por más de veinte años ha compartido su vida con la gente de la República Dominicana, inicialmente como misionero católico. Hoy lo hace como director fundador de Education Across Borders/Educación Cruzando Fronteras, una organización sin fines de lucro que educa líderes y transforma comunidades en América Latina y Estados Unidos. Este es su primer libro para niños.

About the Illustrator

Ruddy Núñez was born in San Francisco de Macorís, Dominican Republic. He has worked with several advertising agencies, newspapers, publishing companies and magazines. He currently lives in the Dominican Republic where he works as an illustrator, painter, sculptor and digital animator for various media.

Acerca del ilustrador

Ruddy Núñez es artista e ilustrador. Nació en San Francisco de Macorís, República Dominicana. Ha colaborado con varias agencias publicitarias, periódicos, editoriales y revistas. Actualmente, vive en la República Dominicana donde se desempeña como ilustrador, pintor, escultor y animador digital para diversos medios.